KB271361

공감시인선 59

잠옷 같은 그 말

성 정 희 시집

도서출판 도훈

공감시인선 59

잠옷 같은 그 말
ⓒ 성정희, 2023

지은이_ 성정희

발행인_ 이도훈
편   집_ 유수진
교   정_ 김미애
펴낸곳_ 도서출판 도훈
초판발행_ 2023년 10월 30일

사무실_ 서울시 서초구 법원로3길 19, 2층 W109호
          (서초동, 양지원빌딩)
전   화_ 02) 595-4621, 010-6722-4621
팩   스_ 050-4227-4621
이메일_ flyhun9@naver.com
홈페이지_ www.dohun.kr

ISBN_ 979-11-92346-61-8 03810
정가_ 12,000원

시인의 말

'ㄱ'에서 'ㅎ'까지
혼자서는 글자가 될 수 없습니다
'ㅏ'에서 'ㅣ'까지
모음도 자음이 필요합니다

모국어
가슴 뛰게 감사하며
너와 나
하나의 글자가 되면 좋겠습니다

자음과 모음으로
쉽게 쓰고 익히듯
서로가 그랬으면 좋겠습니다

2023년 10월
인천에서 성정희

차례

1부

아버지의 발

달라진 것도 아닌데
한여름 소나기처럼 울컥울컥 흐르고 있다

아버지의 발

소등이 된 병실 침상에서
조용하게 흐느끼며 휴지를 적시고 있다
"왜 그러세요?"
아버지의 심중보다
나의 체면을 먼저 생각하고 있다
"걱정 말고 자리에 누워라."
아버지 구십 평생
눈물 흘리는 모습 본 적이 없어서 생각이 복잡해진다
낮에 손과 발을
처음으로 닦아 드리고
손발톱을 깎아 드리면서
왼쪽 두 번째 발가락
엄지발가락을 올라탄 모양이
매일 보는 발가락이다
가슴이 먹먹하다
아버지의 딸이라는 사실이

달라진 것도 아닌데

한여름 소나기처럼 울컥울컥 흐르고 있다

어느 아버지의 웃는 연습

무슨 말부터 해야 할지
침 삼키는 소리도 예의를 어긋날까 조심스럽다
초점을 잃은 퀭한 눈
한 달도 되지 않았는데 바싹 여윈 몸
빈 땅콩 껍데기 모습이다

위로한다는 것
국어사전을 다 뒤져도 찾을 수 없다
모든 언어가 위선인 듯 공허하다
아버지 목울대는 태풍을 업은 파도가 되어
울컥울컥 속울음 삼키고 있다

누구도 표현하기 어려운
억눌린 슬픔은
하얗게 솟아올랐다가 부서지고

다시 하얗게 부서지다 사라지는 파도
다 부질없다는, 모든 것이 허물어지고 있는
한 아버지의 모습을 보았다

한 번만 얼굴을 보았으면
한 번만 안아 볼 수 있었으면
딱 한 번만, 간절함이
어느 날,
꿈에서 아들의 환한 모습을 보았다

그 모습이
다시 걸어야 하는 것을
액자 속 아들이 웃고 있다
아버지도 웃어야 한다
진짜인지 가짜인지 모르는 웃음으로

아버지와 자전거

이십 리 길 걸어 다녔던 학창 시절
큰맘 먹은 아버지는
소 판 돈으로 자전거를 샀다

탈 줄 모르니 자전거를 지게에 진 채
고개 넘고 도랑을 건너
줄곧 아들 생각에
가벼운 걸음으로 집에 온 아버지

국밥 한 그릇 사 먹지 못해도
자전거 타고 학교 가는 아들
한참을 쳐다보고
흐뭇한 웃음 짓던 젊은 아버지

나이 들어 노환이 찾아드니
요양원 가는 길 승용차 안에서

아버지는 아들 형편 생각하고
아들은 가시고기를 생각하다
아버지도 아들도 할 말을 잃었다

도랑도 고개도 없는
아스팔트 길인데
아버지는
어눌한 목소리로 아들을 위로한다
나는 괜찮다
운전 조심해라

고등어구이

눈이 동그란 열두 살 여자아이

침 삼키고 슬쩍 쳐다본다

아버지 밥상 위에 노릇노릇한

고등어구이

아침 밥상을 치우면서

반 토막 남은 생선

정지 한쪽 잘 놔두라고 어머니는 몇 번을 당부했다

아침 설거지하다가

눈에 어른거리고 고개 자꾸만 돌아간다

몇 번을 망설이다

고등어 반 토막 앞에 서서

조금씩 조심조심 옆구리 살을 파먹는다

금방 반 토막 없어졌다

밭에서 돌아온 어머니

아버지 저녁 반찬 어디 갔냐고

감히 아버지 반찬에 손을 댔다고

종아리를 맞았다
울고 있는 딸의 사연을 듣고
특별히 밥상 옆에 앉히고
눈물을 닦아주고 반찬을 얹어주던
아버지

돗괴기

명절 가까우면
동네 남자 어른들 모여
어느 집 도통
살이 오르고 검은 털 반질반질
실한 놈 낙찰된다

돼지야 억울하고 고함을 지르지만
흥이 오른 술잔은
모두가 형제이고 가족이 되어
각 형편과 식솔에 맞게 나누고
웃음소리 동네에 퍼진다

거나하게 취기 오른 아버지는
비계와 살 골고루 섞인 대여섯 근
다리도 돗괴기도 흔들흔들
해병대 군가 우렁찼고

날이 새도록 군대 이야기
아버지의 영웅담 훈장이 빛났다

뒷날 아침 부엌은 지글지글
아궁이 불꽃 피어나고
긴 골목 돌담 넘는
여덟 식구 살 오르는 소리

손주의 추석

하얀,

노란,

초록,

어느 것을 고를까

이것저것 망설이다

분홍 송편을 집었네

동그랑땡 먹고 동글동글

송편 먹고 생글생글

달도 둥그렇고

배도 불러 둥그런 한가위

온 가족 모여

줄줄이 손잡고 집 앞 공원

달맞이 가자

저녁 하늘은 새색시 마음

분홍색으로 물들이고

세 살 아이는 머리에 분홍 리본

네 개를 꽂고 뛰어다닌다

공원에 아이들은 달맞이꽃이 되고

어른들은

달맞이꽃을 보자

아침 나팔꽃처럼 활짝 피었다

화순 하강물

한여름

울타리도 없고 지붕도 없는 노천 목욕탕

윗물 빨래 칸은 여탕

조금 떨어진 아랫물은 남탕

수눌움으로 촬촬

힘을 모아 바다로 간다

처녀들이 두 손으로 젖가슴을 감추고

수줍게 웃던 웃음과

상쾌하게 퍼지는 어멍들 말소리

물속에 들어갔다 나왔다

남자들 목욕이 끝나도

여자들 소리가 들리면

윗물 지름길을 두고 돌아서 다녔다

대낮같이 밝은 보름달에도

노천 목욕탕에는

몰카도 없고 외간 남자도 없고

모두가 아버지, 오빠, 남동생

동네 어른은 모두 삼촌이라 부르는

그곳에 가고 싶다

유년의 추석

환한 등불이다
손가락 세면서 기다리던
한 그릇 온전한 쌀밥
정성스레 준비한
얼굴 모른 조상에게도
말문이 갓 트인 아가에게도
하나의 의식이 되어 꽃이 피었다
도란도란 반가운
달뜬 마음 웃음소리
오일장 거리에도 길가 노점에도
사람들이 모이고 있다
꽃을 피우겠다는 꽃심이 되어
밑자리 기억하고 준비하는 손길
일찍이 산업현장에서 돈을 벌어
부모님 살림 형편이 나아지고 있는
믿음직한 동네 오빠도 오고

유행 따라 멋을 부린 친척 언니도 오고

모두가 환한 꽃이다

보름달처럼 빛나는 피부를 보는

사춘기 소녀는

서울만 가면 나도 하얀 피부가 되고

우리 집 밝혀 줄

둥그런 달이 있는 줄 알았다

무화과

오므리고 단정한 입술
칠월의 태양보다 더
붉은 꽃이 되고 싶었다

아무도 쳐다보지 않아도
언젠가는 피울 수 있으리라

동그랗고 봉긋한 가슴
기다리다
굽어진 원이 되고

열반에 들었는가
붉은 사리로 혈관이 되었다

가을

세 살 아들

눈동자 같은 하늘엔

동그란 어머니의 키가 있다

단발머리 소녀의 아버지가 있다

씨 있는 모든 생명

뽐내는 계절이 서글프다

작아지는

아버지의 키가

동그라미 그리는 어머니의 몸이

웃고 있어도 눈물이 난다

9월

아침에 일어나니
기다리던 손님이 왔습니다
올해는 어서 왔으면 하고
매일 달력을 쳐다봤습니다
군에 갔던 아들 연락도 없이
집에 온 것처럼
두 팔 벌려 안았습니다
잘 견디고 이겨냈다고
귀에다 닭살 돋는 칭찬 하고 싶습니다

쪽방촌 할아버지에게도
에어컨도 없이 지낸
양철지붕 가족에게도
땡볕에서 철근을 구부리는
아버지와 아들에게도
군침 돌게 밥 한 그릇

뚝딱 비우고

한 그릇 더 먹고 싶은

보약상자 가지고 왔다고 합니다

머릿속에 이름을 헤아려 봅니다

안부 전화드려야겠습니다

이팝나무

우리 동네 가로수에는
해쑥에 하얀 쌀가루로 금방 쪄낸
쑥버무리 꽃이
소복소복 피어 있다

열다섯 살,
남학생들 하굣길 저만치 보이면
얼굴이 붉어지고 가슴이 뛰어
플라타너스 가로수 밑에 서서
손바닥 같은 나뭇잎을 잡아당겼던

가로수에 순백의 꽃이 피고
그 밑을 지나는데도
가슴이 뛰지 않고
꽃 같은 마음도 아닌 것은
제삿날이나 먹을 수 있는

어릴 적 흰 쌀밥이 생각나서일까

코로나 팬데믹

밥이나 먹고 사냐는 말

젊은이도, 노인도

제 밥그릇이 넉넉하여

수북수북 얹혀 있는 밥심으로

이팝나무꽃처럼 피었으면

오월 뻐꾸기

햇살의 하소연도
떠나버린 늦은 오후
앞산에서 들리는
뻐구우욱 뻐구우욱
잊었던 이름 부르고 있다

아카시아 이파리에 은밀한 소원을 품고
자기 나이 수를 세면서
하나씩 따다가
마지막에 꼭지 잎 하나가 남으면
꿈이 이루어진다고 들떴던 열두 살

삐걱거리는 나무 의자와 책상
머리 모양이 똑같은 동무들 이름
새순처럼 돋아
부풀어 오르는 아카시아꽃 향기는

코로나19 아득한 거리를

새로운 희망과 소원 말해보라고

소녀야

소녀야

부르고 있다

새집

맛집 창가에 앉아 무심히 바라본
길가 나무 꼭대기 새집 둥지
바람에 나뭇가지 휘청해서
떨어지고 부서질 것 같은데
가지에 딱 붙어 안전하다

작은 입으로 부지런히 공을 들여
쳐다만 봐도 흐뭇했던 집
새끼가 다 떠난 빈 둥지로
태풍이 불어도 떨어지지 않는다

높은 곳에서 안전하게 지켜주려고
입안에 먹이를 물어다 키운 새끼들
언제라도 달려오라고 그 자리에 있는
고향집이다

둥지는 그대로 지키고 있는데
떠나버린 새들은 어느 하늘 아래
높이 날고 있는지
밑자리가 그립거든 어서 오너라
집은 말하고 있다

밥 한번 먹자

고개를 들고 바라보던 하늘보다
땅이 편안하다는 생각이 들면서
장례식장에 가는 일도
결혼식장 가는 일과 같아지고
조문객 밥 한 그릇의 대접은
생과 사 배턴이 되어
경전보다 거룩하게 이어지고 있다
밥 한번 같이 먹자던
늘 그 자리 있을 것 같았던 인연
그동안 같이 하지 못한 밥 한 끼
사진으로 마주한 공간
이런저런 일들 다 고맙고 감사하다고
함께 더 오래 못 나눈 이야기 미안하다고
간단해도 골고루 갖춘 밥상 앞에서
남은 자에게
이승에 잘 붙어 있으라는 뜻인지

말랑말랑한 찰떡에 손이 가고

가는 자는

정보다 깊은 침묵으로

가슴 울컥하게 약속을 지키고 있다

팽나무

마음에도 골목이 있어
오래된 나무 한 그루 앉아 있다

화려한 꽃을 피우는 것도
고운 단풍으로 물드는 것도 아닌데
공원이나 여행지의 아름드리나무만 보면
눈에도 마음에도
골목이 유난히 긴 고향집 나무가 보였다

허름한 고향집
사람이 살지 않은데
어떻게 보물을 찾았는지
어느 조경업자의 눈에 들어서
알지도 못하는 곳으로 팔려 갔다고 한다

스스로 몸과 가지를 잘 다스려서

참새의 조잘거리는 노래가 있고
노랗거나 빨갛게 톡톡 떨구어서
작은 손들이 즐거웠다

이제 소식은 모르지만
내 마음 골목에는
꽃보다 고운 나이테로 앉아 있다

힘겨루기

부부싸움 다음 날
아내는
평화를 지키기 위해
공들인 저녁 만찬을 준비하고
회담을 기다린다

늦어지는 남편의 퇴근
자꾸만 쳐다보는 시계
착각착각 소리가
흔들림 없는 일상인데
착각하지 말라는 듯
혼란스럽다

거실을 왔다 갔다
스마트폰 단축번호
1번

누를까 말까

세계가 주목하는

위험한 북핵이다

첫사랑

빈집
고요한 빨랫줄
움직이는 바람이다

잔잔히 잠자다
오십 년이 지나도

어느 날
빛의 속도로
흔드는 바람

2부
커피 내리는 여자

커피 내리는 여자

창틈으로 휘파람 부는
불청객이 오면
마음도 차가워
천천히 달아오르는
아랫목 같은
그런 온기가 생각난다

마음 데우기에는
보이는 것보다 더
나를 기억하는 습관
연애할 때 전화기 앞에서
뜨거워지는 손으로

은빛 물빛에 잠기듯
고집으로 오랜 세월
지켜온 빙하처럼

맑은 향에

행복을 담근다

길들이기

어느 지역 장승 같은
흔들리지 않은 기둥이다

문명은 하루가 다르게
새로운 제품 만들어도
익숙해지려고 노력하면 따라갈 수 있지만

태어나 평생 지니고
살아가는 세 치 혀는
저녁이면 왜 그랬을까 뉘우쳐도

어깨가 구부정해지고 입속이 말라도
과수원 접붙인 나무가 되어
돌배인지 배인지
생각을 소주처럼 마시다가
아무렇게 내뱉는 말

끝내 못 한 말

아랫도리까지 속삭이듯 간드러지고

속살이 훤히 들여다보이는

잠옷 같은 그 말을

꼭 해야 하나

마음보다는 몸의 기억으로

침을 삼키다 마는

어느 할아버지의 툭 내뱉는

사랑 표현

4월 예찬

살아 있는 것은 꿈틀거린다
불끈불끈 눌러 왔던
욕망이
산에도 들에도
돌 틈에 눌려 숨조차 버거웠던 시절이
이제 고개를 내밀었다

부지런하면
루비, 비취, 에메랄드
사파이어
다 내 몫이다

겨드랑이 땀이 밸 무렵
멀리 외출했다 돌아온
바람이
아버지처럼 기침하면

주위엔 하얀 쌀 튀밥이

한 섬은 쏟아진다

일 년 양식이 그득하다.

영산홍

데면데면한 인연
꽃구경 같이하고 싶다
껄끄러운 관계 분홍색으로 물들겠지

창가 오래된 의자에 앉아
머리 염색하면서
거울에 비친 얼굴
익숙하면서도 낯설다

크기가 알 수 없는 마음 밭에서는
더 늦기 전에 연락하라 한다
손은 꽃보다 고운 소통을 할 수 있다고
환하게 피어 보라 한다

꽃구경 같이하자고
생각이 나서 전화한다고 하면

오늘은 또 다른 꽃봉오리 새순처럼 맺고

내일은 활짝 핀 영산홍으로 만나겠지

이월의 메뚜기

날씨가 쌀쌀한 이월

가족이 모여

어머니 기일을 앞두고 산소에 갔다

자그마한 새끼 메뚜기 한 마리

어깨도 아니고

손등에 앉아서 손가락으로 움직인다

가족들이 내려가자고 하는데

메뚜기는 떠날 줄을 모른다

아무리 생각해도

어머니가 내 손을 잡은 것 같아

산소에서 일어설 수 없다

가족은 저만치 하산을 한다

"이제 내려가야 합니다. 빨리 가야 합니다."

하고 일어서는데

푸르르 앞으로 멀리 날아갔다

작아서 날 줄을 모르고

손등에 앉아 있는가 했는데

어머니가 나를 보고 반가웠을까

손이 차갑다고 어루만져 주신 걸까

가슴에 손을 넣고 녹여 주던 어머니

우주 만물 고리가

부모 자식의 연으로 이어져

내 늑골에 붙어 있는 아이는

오늘 엄마 손을 잡았다

독서

눈이 흐려져도 행복한 책 읽기에

눈물이 핑 돌기도 하고

웃음이 혈관을 타기도 한다

맛있는 반찬을 만들면

아파트 경비 아저씨 몫도 잊지 않은 옥숙 씨

이순이 지나 돈을 버는 목적이

아프리카 어린이 후원하기 위해서라는 미애 씨

무릎 관절이 좋지 않아도

장애우 복지관 봉사하는 선자 씨

책 한 권 한 권 읽을 때마다

고전도 되고 계발서도 되고

달콤한 눈물이 나고 새 계획이 뜨겁다

아파트 엘리베이터에서 만나는

민낯의 눈 맞춤은

날마다 좋은 책 한 구절

소통으로 명작을 읽는다

장수동 은행나무

팔백 년 수령이라 말하지만
정확한 나이는 나무만 안다
한쪽으로 치우침 없이
골고루 수액을 보내어서
아픈 가지가 생기지 않게
잘 돌보는 일을 지켜 온 것이다

아들 둘을 똑같이
사랑을 주고 키웠다고 생각했는데
어느 날 울면서
편애를 말하는 자식이 있다

균형 잡힌 반듯한 외모
가지 끝 이파리도 상처받지 않도록
팔백 년의 안분에
아들의 오래전 이야기가 들리고

아버지 마음

영조와 사도세자가 생각난다

잘 살아가고 있는지
가끔은 장수동 은행나무 앞에 와 보는 것이다
아버지의 어머니
어머니의 아버지가 살아오고
아들, 딸 뿌리 내릴 터
튼튼한 뿌리와 풍성한 가지 이파리가 되기를
은행나무 둘레를 걸어보는 것이다

꿈해몽

유리 같은 파란 플라스틱판을
가위로 자르고 먹었다
미각을 모르고 먹는 데만 열중해도
배는 부르지 않는다
아침부터 오늘의 운수와 해몽을 검색하고
혹시나 어떤 행운이 있기를 기대해 보다가
플라스틱 용기
일회용 물티슈
녹색운동
분리수거
미래세대 먹거리
개꿈 같은 일이 현실이 될 수도 있다
살아가는 것은 유리 조각처럼 깨지기 쉽고
어느 날, 치매가 동행하면
무엇이든 가위로 자르고
입으로 먼저 가져가는
행동을 암시하는 것일지도 모른다

어느 공원에서

하트 모양의 조형물 앞에
사진을 찍으려고
차례를 기다리는 연인들

구름 속에 비치는 한 줄기 빛에
그림자가 길게 누워 있습니다

보이지 않은 사랑이, 보이는 그림자로
오래도록 그대들 마음에
앉아 있으면 좋겠습니다

비 오거나 흐린 날에도
하트를 만든 손그림자 기억하여
천둥소리도 미세먼지도
부드러운 미소를 짓게 했으면 좋겠습니다

딸기

보리싹 초록 잎에

멀리 보이는 산봉우리

동백보다 고운 얼굴에 방어라도 하는지

좁쌀 주근깨 총총 곰보 피부다

향긋한 새색시 향 풍긴다

신랑이 첫날밤 신부를 대하듯

예민하게 다루어야 한다

한입에 쏙 들어가는 것이

품에 안고 싶은

사내의 욕정이 설 듯하다

베어 물었다

혼자서 기분이 좋은 첫 키스의 맛이

입 안에 퍼지고

지독한 감기도 다 낫겠다

핏줄

만나면 반갑고
기분이 좋아지는 것도 아닙니다
모이기만 하면
자기 아픈 이야기만 해서 불편하기도 합니다
상대방을 콕콕 찌르는 가시가 있기도 합니다

그런 관계가
낯선 곳 여행을 하면 가장 먼저 생각나고
맛집 음식을 먹으면
같이 식사했으면 좋겠다 하고
멋진 옷을 보면 사주고 싶고

내 마음 나도 몰라서
상처받은 것이, 칠순이 지나도 상처로 남아
술 한잔에 엉엉 울기도 하지만
그 술잔 속에는

사랑받고 싶은 어린아이가 있어서
술잔을 철철 넘치게 붓고 있다

거친 말과 욕이 생각나도
한여름 소나기가 지나가면
맑은 하늘이 되듯
다시 사랑할 수밖에
전능하신 분 앞에
두 손을 모으게 한다

효의 거리

스마트폰 창
고향집 전화번호 울리면
가슴이 철렁

구순 지나신 부모님
마음 졸인다

아들, 딸 있는
도시로 올라오세요
같이 살면 서로 좋잖아요

묵묵부답 아버지
잠시
어머니 말씀
열흘만 같이 있어 봐라

플라워 카페

이순을 지난
동창 네 명 모였다

차 한 모금 마시고
고개를 드니
구석진 자리 둘이 있다
이야기하다 쳐다보니
하나가 되었다

싱그러운 꽃
청춘

유월이 오면

유월이 오면
아삭아삭 물외 먹는 소리가 들린다

목이 긴 돌밭
콩밭 고랑 검불 수북하다
한여름 뙤약볕 수건 하나 쓰고
호미는 들었지만, 손이 더 농기구

어머니 따라
밭고랑 지루한 열두 살 여자아이
어린 콩잎 꺾어 놓고
이름 모른 새소리에 먼 산 한번 쳐다보고
마음은 점심 바구니로 가 있다

일어서는 어머니의 허리를 보고
나무 그늘로 달려간다

손이 빠르다

보리밥에 된장, 물외 서너 개

큰 사발에 쓱쓱 잘라 놓은 물외

잔칫집 밥상보다 더 입맛 당기는

물외 먹는 소리

어머니도 딸도 햇살도

물오른 나뭇잎에 걸렸던 웃음소리

해마다 여름이면 싱그런 물외

아삭아삭 변함없는데

어머니의 웃음소리는 이명이 되고

콩밭에는 잡초만 무성하다

거짓 칭찬

사람들이
도토리를 줍고 있다
봄 여름 가을
추억을 같이해 온 나의 동료들을
발로 툭 툭
막대기로 휘젓고
주인도 아니면서
주인 행세를 하고 있다

나를 보며
귀엽다고 감탄하지만
그것은 입에 발린 거짓말
모두 떠나간 빈자리
쓸쓸한 한 끼 식사마저
남기지 않고
이방인들이 배낭 속에
도토리를 줍고 있다

백내장

세상
모든 것이 흐릿하다

집중해서 네 개의 눈으로 봐도
안개 속이다

천 개의 눈을 가져도
마음으로 보지 않으면

푸성귀

좋은 상품 되지 못할 거라고
수확철에도 팔려나가지 못해서
제 뿌리 키워준 땅을 엎으로 덮고 있다

찬바람 쌩쌩 불어도 제 몸 오므릴 줄 모르고
새싹으로 키워준 초록을 잊지 않고
된서리와 싸락눈 언 땅을 지키고 있다가

정성 들인 김장김치도 밀려난 식탁에
온 가족이 칭찬으로
싱싱한 입맛을 만들고 있다

가을 허리에서

시월 햇살은
단단한 씨 만들어 보라고
부지런히 하늘을 보라 한다

산과 들녘에 마중 나온 손들은
밤송이 가시 같은 걱정도
잘 닦은 놋그릇 광처럼
튼실한 알밤으로 거두어 보자

경기장 심판이 되어
이곳저곳 눈에 담아서
아직 여물지 못한 열매가 있다면

지는 노을이라도 붙잡고
단풍나무 아래에서
붉게 물든 가슴으로
단단한 씨앗 만들어 보자

절규[*]

외로움에 떨고 있다
두 손으로 귀를 막고
세상을 향해
각혈하는 하늘과
숯덩이 같은 땅이다

늙었다고 낡아버렸다고
눈도 감아버리고
입도 닫아버리고
발걸음도 멈췄다
먼 나라 오래전 화가의 그림이
동방예의지국이라던 이 땅
골목마다 늘어나는 요양원

오락 시간과 교양 프로그램
하루 세끼 영양식과 간식

거친 호흡이고

허기지고 고프다

평생 나눠 주어도 고픈 사랑

영원히 마르지 않은 샘인데

마중물 두레박을

월요일 새벽부터 일요일을 기다린다

큰길, 골목길

전봇대에도 놀이터에도

큼지막하게 걸어 두고 싶다.

딸도, 아들도 울고 있어요

말하지 못한 핏덩이 삼키고

한 달만 계셔요

지키지 못할 약속 하고 있다

* 에드바르 뭉크 그림 제목에서 차용

군밤

탕탕

장작불 가마솥 뚜껑

날려보겠다고 큰소리친다

마당에 있던 덩치 큰 남자

굵은 종아리 움찔 뒷걸음치고

젊은 여자 서너 명도 깜짝 놀라 도망갈 자세다

내 입에 넣겠다고

무턱대고 뜨거운 아궁이에 넣어봐라

누가 좋아하겠나

작은 숨구멍이라도 줘야지

가시에서 벗어나 해방되었는데

예고 없이 불구덩이에 넣으면

성깔 없는 사람 있겠느냐

달곰하게 맛보려면

옆구리 콕 꼬집는 준비라도 해야지

3부
태백 가는 길

태백 가는 길

이월의 끝자락
태백 가는 길
창 너머는
온통 만개한 목화밭이다

고개 돌려
왼쪽을 보니
나무에도 산에도
천 마리 학이 앉아 있다

유리병 속에 갇혀 있던
날지 못한 종이학이
나보다 먼저 날아와
반갑게 맞이하고 있다

삼월에는
새로운 그림을 그릴 수 있겠다

장미

골목 끝 허름한 집 울타리에
온몸이 붉어지고 있습니다

그 집 가족들
활어처럼 팔딱이는 힘으로
거리로 뻗어 나갔으면 좋겠습니다

오월만 있으면
가시쯤은 너그럽게 견디어 내고
아프지 않을 수 있습니다

작은 가지를 꽂아 놓은 손
세상을 아름답게 보는 눈이 되었습니다

시월 하늘

시월은

기도하기 좋은 달

어린아이 눈동자처럼 맑은 하늘은

나의 마음도 티 없이 맑아지라 한다

높푸른 하늘은

이상도 높고 푸르러라 한다

제주 바다 수평선처럼

하늘인지 바다인지

구분이 어려운 하늘은

바다 같은 깊은 마음으로

하늘보다 넓게 사랑하라 한다

시월은

길가에 작은 돌멩이에도

귀를 열어

첫사랑의 속삭임을 들어 보라 한다

그대 향한 마음이

노란 은행잎도 붉은 단풍으로 물드는 가슴

시월 하늘은

초콜릿처럼 달콤한 말도

잘 쓰인 시가 아니어도 된다고

기도하는 손을 보여 달라 한다

목3동 골목

만삭이 된 새댁

남편의 밥상 내놓을 반찬이 없다

동네 정육점에서

돼지고기 한 근을 반의반

구멍가게 두부 반 모

웃음으로 친절하게 건네준다

정육점 아저씨, 구멍가게 아줌마

쌀집, 약국, 철물점,

옆집, 앞집, 뒷집

모두

멀리서도 알아보는 얼굴들

한여름

골목 그늘진 곳 돗자리에는

보름달 같은 수박이

달달한 웃음으로
손에서 손으로 건너오고
김장철에는 김치 사발이 오가던

주소는 기억이 안 나도
몸이 기억하는 곳

항우치밭

작박이 뱅 둘러 있는
허리가 긴 굴렁밭

돌담에 주렁주렁 익어가던 호박
아이스크림보다 더 달짝지근하던 목화 열매
열다섯 살 여학생은
사계리 남학생들 하굣길에
바구니 들고 동부콩 따러 가는 것이
숨어 버리고 싶을 만큼 싫었다

해마다 여름철 큰비가 오면
농작물이 다 물에 잠기어서
반타작이 되어도
아버지는 여전히 씨를 뿌리고
어머니는 검질을 맨다

농로가 없어 등짐으로 농작물을 수확했던

아버지의 허벅지는

산방산 바위처럼 단단해서

언제나 그 자리에 서 계시고

젊은 어머니의 유방 같았던

산방산은 황우치밭을 지키고 있다

빙떡

둥그런 보름달을 만들고 있다
가마솥 뚜껑에
돗괴기 기름 반들반들
지지직 소리가 눈보다 귀가 먼저 가는
메밀전병
씨름 선수 허벅지가 생각나는
잘 키운 단지 넘삐 우영밭에서 뽑아
큰집 부엌
무시 너물 한 수저
큰어멍, 셋어멍, 작은어멍
웃음 두 수저
자식 희망 세 수저 돌돌 말아
밭두렁 뻗어 가는 고구마순 자라듯
숙자, 옥자, 애자, 신자, 정심, 정애, 경자
경철, 택주, 택상, 택준….
사촌들 손에 쥐여 주면
달뜬 마음, 마당이 좁았던 제삿날

시와 변비

며칠째 밀어내지 못한다
나올 것 같은데
오늘은 나오겠지
기대를 하고 은밀하게
기도한다

먹고 마시고 삼킨 것들
최대한 압축하고
경제적으로 내보내려고
한 행을 고심한다

마음 흡족하게
상쾌한 기분으로
좋은 시 한 편
내보내기
오늘도 어렵다

자리물회

까끌까끌 보리타작 마당
햇볕 농익어 갈 계절
동네 육六거리
자리구덕 지고 오는
아주망 기다린다
대여섯 살 아이 손만 한 생선
머리는 큰 생선 저리 가라 억세고
뼈는 대대로 내려오는 명망 있는 가문
꼿꼿한 허리가 가시다
손맛 좋은 어멍 아니어도
가지런하게 썰어서
된장에 버물버물, 물외 채 썰고
식초 한두 방울
초피잎 띄워서 참깨 뿌리고 아방 밥상에 올리면
국물 후루룩, 졸근졸근 씹을수록
고소하고 베지근한 맛

한 사발 더 먹고 싶은

젊은 아버지

여름밤 달이 환하다

부부

익숙하다고 편하다고

두근거림 멈추지 않았으면 좋겠다

다리가 휘어지고 눈이 흐려도

심장 뜨겁듯

쿵쿵 뛰는 설렘 있었으면 좋겠다

가진 것이 없어도

같이 있는 것으로 행복했던 시절

참 좋았다

처음보다 많이 가진 손

차가워지고

내 안의 나 떼를 쓴다

매일 아침 세수하듯

정결한 육체와 순결한 정신으로

처음 만난 순간 돌아가서

비릿한 냄새도

향수가 되어 안아주고 싶다

혼밭오름

혼밭오름 곶자왈
고사리, 삥이, 삼동, 탈, 졸갱이, 볼레
싱싱한 먹거리 장터다
보리가 익어갈 때면
학교에서 돌아와 작은 양푼 들고
동네 친구들과 삼동 열매 따서
입술이 까맣게 먹고

조랑말 짝짓기 신기해서
민망하게 구경하고
찔레순 가시 벗겨 먹고
삥이순 껌처럼 씹었던 아이들

효심도 경쟁으로
삼동 열매 따서 팔아
어머니 하얀 고무신

아버지 담배 선물

부모님 칭찬에 으쓱하고

삼동 열매 따듯 돈을 벌어서

집도 지어드리고 싶고

내 방도 갖고 싶었다

해마다 유월이 오면

삼동 맛이 생각나

거울 앞에서 혀를 내민다

참깨 자긍심

나는 가볍지만 싸게 팔리지 않는다

사람들 함부로 대하지 않는다

곡식 중에 아주 작아도 귀하게 대접한다

혼자 잘난 척 안 하고 여럿을 돋보이게 한다

일류 요리사나 초보 주부나

마지막에는 내가 필요해서

뜨거운 프라이팬에서도

기분 좋게 톡 톡 가볍게 뛴다

감기몸살 입맛 잃은 주부

누워 계신 구순 할머니

내가 들어간 죽 기운 살린다

손바닥에 후 불면 날아갈 수도 있지만

존재감 가볍다고 날려버리지 않는다

청춘이나, 황혼이나

결혼하면 모두 내 이름을 쓰고 싶어 안달이다

"깨 볶는 냄새 진동한다."

"고소하다."

뜨거운 살 맛 오래오래 느끼고 싶다

모든 가정에 살 타는 맛

많이 났으면 좋겠다

어미 소

청보리밭

단발머리

구불구불 골목이 긴

유년의 집으로 데려간다

마당 한쪽

우물우물

거울 같은 눈망울

늘 눈물로 젖어 있다

가난한 집

식구 북적거리듯

유월 한낮 등허리

파리 떼의 놀이터

큰 눈 한번 꿈적

감았다가 뜨고
어느 자비로운 신에게
소리 없는 기도 반복한다

소나기 지나간
청량한 햇살
찰싹 자기 몸을 채찍하고
허리 긴 밭 일터로 가는
유년의 늙은 어미 소

경운기

고향집 마당에는
눈이 오나 비가 오나
긴 모가지를 하고
아버지 반평생
털털 애인이 있다.

집을 나설 때는
구순이 된 지아비에게
모가지 조심하라고
한 말을 또 하고 또 하고
귀에 모가지가 걸려 있다.

좁은 골목길에서도
큰길 무서운 덤프트럭
총알같이 지날 때도
할멈 생각에

힘을 넣었다가 부드럽게 돌렸다가

여덟 식구가 인정하는
아버지의
털털 애인이 있다

노부부

박꽃 같은 얼굴
서리 맞은 호박잎 되어버린 여자
전기장판 온기 붙들고
약 한술 밥 한술

마을 입구
천하대장군 장승 같은 남자
구부러진 어깨
저녁놀 붙잡아 요강 준비한다

모처럼 모인 아들, 며느리
새벽잠 깰라 조심조심
늙은 여자 살 같은 오줌 비우고
신부 얼굴 만지듯 웃는 손으로 닦는다

삼복더위 한낮

살며시 문 닫고 소곤소곤

바짝 마른 가슴 올리고 등 내미니

진공청소기 호수 같은 손으로

정성을 다해 연고를 발라 준다

여행지에서 만난 사람

5월
담장에 늘어진 장미
화병에 꽂았더니
며칠을 못 가
시들어 버리고

가을 단풍
눈에 담고
마음에 담아도
한 계절 지나니
지워지고

마음이 따뜻한 사람
한 시간 동행했는데
오래도록 기억되고
카톡 문자 보낸다

멍게

겉은
잘 익은 석류보다 붉다
성질 사나운 수소처럼
제멋대로 뿔이 났다

속은
개나리꽃이다
농염한 강낭콩이다
부드럽고 상큼하다

어설픈 미소
하소연 줄기줄기
뿔 같은 독설
투박한 손들을 위로한다
소주 같은 눈물도 있다

소리 나는 꽃

까르르 깔깔
꽃들 소리가 발걸음 멈추게 한다
오월 정원의 온갖 꽃
눈이 호화스럽고 예쁘지만
말하는 꽃은 가슴을 뛰게 한다

한참을 쳐다보느라 자리를 뜨지 못하고
깔깔 까르르
조잘조잘 소리가
저절로 함박웃음이 나서
발걸음 가볍다

모내기 끝난 논 밤새 시끄러운
개구리 소리 같기도 하고
고운 시냇물 소리 같기도 하고
귀에 소복소복 담아두고

달빛이 스며든 독거노인 창가에

한 소절씩 꺼내서 들려주고 싶다

자꾸만 고개를 돌아본다

코로나로 조용하던 학교

전교생 등교하는

초등학교 하굣길 아이들 모습

가을은 소리로 온다

햇살 좋은 날은
밤나무 밑에 가 보자
사랑이 식어 갈 즈음에는
밤나무 밑에 서 보자
가을은 툭 툭 소리로 다가온다

가시가 쩍 벌어진 알밤을
둘이서 주워 보자
가시가 박힌 손 슬쩍 내밀어 보자
마주보며 어설프게 웃어 보자

가지를 흔들면
툭 툭 추억이 떨어지고
추억을 주우면
주머니가 가득하여
서로를 쳐다보며 보내기 아쉬운 계절

가을은 그렇게 소리로 온다
어느 날,
사랑도 툭 하고
밤 떨어지는 소리로 왔다

밤이 떨어지는 소리는
지난봄 그 약속 헛되지 않음을
튼실한 알밤은 가시 속에서 익어간 사랑

사랑이 식을 때쯤은
햇살 좋은 날
그대와 같이
밤나무 밑에 가 보자

늙은 호박

울퉁불퉁 둥그런 근육
도마 위에서 손에 힘을 주고
골 깊숙이 몇 번을 찌르고 빼도
관통하지 못해서
힘겨루기하고 있다

호박꽃도 꽃이냐고
가장 예민하게 피어난 순간
꽃이다 아니다 대놓고 하는 말
악성 댓글처럼
열매가 될까 말까 시들하던 날

끝까지 가봐야 안다는
허리가 굽은 할머니의 지나가는 말
한여름 소나기가 되어
시간이 가면 물렁해지는 껍데기들
보란 듯이 단단한 근육

4부

용머리 바다

용머리 바다

가슴에서
파도가 높이 솟아오르기도 하고
가라앉기도 하고
철썩철썩
살아서 춤을 춘다

삶의 시간이 유효하다는 걸
조용하게 속삭일 때
덤덤하게 하루가 가고
다시 하루가 오고
연두색 나뭇잎을 보면서도
눈물이 났다

가까운 사람이
먼 길을 떠난다는 것이
큰 소리로 목이 쉬도록

껑껑 울고 싶은데
울 수가 없다

유년의 바다가 보고 싶어졌다
산방산 바위는 그대로 있는지
천년을 부서지고 울어도
힘이 넘치는 용머리 파도

계속 중얼거린다
천년을 울어보라고
바위에 구멍이 나고
눈물이 주름치마가 되어 펼쳐 놓으니
칭찬이 자자하지 않으냐

추석을 그리며

한 그릇 위에 반 그릇은 더 올린
수북하게 빛나던 한 그릇의 양
수평이 되더니
이제 반 그릇 관용이 되어 간다

둥그렇게 둘러앉은 밥상과
식탁의 높이 차이는
할머니 할아버지의
웃음소리를 듣지 못한다

기름진 야식도 허기지고 외톨이가 되어
얼굴을 가리는 새로운 시대
낮에는 바람에 흔들리는 대나무밭이 되고
저녁이면
대낮같이 밝은 내일의 달을 날마다 꿈꾸고 있다

모나지 않은 풍요가 되라는 한가위

반으로 반으로 숨어 들어가서

적당히 모른 척하는 것은 아닌지

도시로 떠나온 사람들은

고향 방문을 환영한다는 현수막이 펄럭이고

참기름병 달리기 줄 세워 놓은

어머니의 목소리가

백신 소리와 겹쳐 귀 세우고 있다

바나나

겉치레로 구부리는 것이 아니고

심지까지 겸손하게

언제나 묵례하는 너에게는

성정性情이 불같은 자도

차갑고 날카로운 과도를 준비하지 않고

체온을 느끼게 스킨십을 한다

시퍼런 청년의 때를 지나

검버섯 점박이가 늘수록

달곰하고 부드러워

까다로운 혀를 가진 주인

식탁 자리 앉혀주니

듣는 귀 외롭지 않고

독설도 충고도

거슬리지 않게 말랑하고

꼰대 소리 듣지 않고

어린아이도 어른도

친구가 되게 하는 것은

가장 맛있게 익어가는 것이다

글씨

작고 반듯하게 쓰려고
연필을 뾰족하게 깎았던 시절

할아버지 할머니
돋보기 쓰고 쓴 글
크고 각이 없이 둥그스레

내 마음도 이제
넓고 둥글게 각이 없으면 좋겠다

시를 쓰는 글씨
조금은 비뚤고
반듯한 원이 아니어도

글씨를 처음 쓰는 아이
부모의 마음 떨리는 감동으로

손끝에 온기가 살아 있어

보드라운 햇살이면 좋겠다

바람

얼굴도 보여주지 않으면서

슬쩍

때로는 강하게

폐부까지

생수 같은 키스를 합니다

모양도 없으면서

휘청 중심도 잃고

헷갈리는 날은

어디서 끌고 들어와

코를 자극하고

혀를 유혹하는

냄새를 풍겨보기도 합니다

뜻밖의 선물처럼

가슴에 안겨 올 때는

상쾌하고 몸이 가벼워집니다

한여름에는

두 귀를 열어두십시오

휘파람 소리로

당신을 부르면

계곡의 폭포처럼

찰나로 오시면 좋겠습니다

빼떼기

거실 한쪽 작은 화분 스투키
특별한 거름 주지 않아도
한 줌 햇살에
공간을 비집고 올라오는 새순
유년 시절 떠오른다

여섯 식구 방 한 칸에
얼기설기 잠자리 얼굴에 발이 닿아도
단잠 자는 가족, 쑥쑥 커가는 자식
어머니는 먹는 것이 우선이다

찬 바람이 불기 시작하면
마루 한쪽 가득한
가을걷이 고구마 빼떼기
큰 솥 가득 달짝지근 당원 맛
밥보다 먼저 손이 간다

동지섣달 긴 밤
한밤중 식구들 잠 깨어
양푼 가득 담아 밀고 당기며
고구마 빼떼기 몇 자루 비우면
옷이 작아지고, 일손도 늘어나고
긴 골목 달음박질치는 봄이 왔다

소통

공원에서 찍은 동영상

아빠 팔에 안긴 두 살 손주는

고개를 앞으로 끄덕끄덕 인사를 한다

"뭐 하는 거야?"

엄마가 물어본다

말도 못 하는 손주는

손으로 저만치 가리킨다

거기에는

오리가 고개를 물속에 넣었다 뺐다

반복 동작을 하고 있다

어른의 눈에 빠르게 지나가 버리는 순간

손주는 천천히 보고 있다

오리의 행동과 고개를 맞추고

똑같이 끄덕끄덕

영상을 보는 웃음이 모두가 꽃이다

얼굴을 가린 코로나 시대

몇 번을 인사해도 아리송한 얼굴들
오월 장미에 눈이 멈추듯
첫 여행지의 풍광을 보듯
천천히 보면
고개로 말할 수 있다

구월의 밤 용담호

검은 산등성이 옆
열다섯 살 보름달이 떠 있다

한낮의 산은
푸르기도 하고 붉기도 하여
서슬이 꼿꼿하고
하늘만 쳐다보더니

어스름이 깊어 고요하니
구봉산 굽이굽이도
호수에 고개 숙여 잠기고

최고라고 뽐내고 싶은 으쓱함도
넓고 깊은
밤 호수 앞에서는 낮아져서
지켜보던 바람도 덩달아 숨죽인다

멀리 보이는 외딴집

컹컹 짖어대던 개소리도

호수에 가라앉고

젖어버린 달은

젊은 어머니의 얼굴이 되어

발걸음 따라 움직인다

근육 호박

고향집에서 올라왔다
푸근하고 손맛 좋고 인심도 많은
동네일도 잘하는
아지매의 허리 아래 모습이
자꾸 눈에 아른거린다

근육이 이두박근 삼두박근이다
칼도 안 들어갈 것 같다
어떤 사내 가슴팍이
저리 울뚝불뚝 골이 깊을까

올겨울
찬 바람이 쌩쌩 불고
달달한 입맛이 그리워질 때
손목에 힘을 주고
쩌-억 자르고

탱글탱글 주렁주렁

골라내서 볶아 먹고

노란 속살에

하얀 찹쌀과

붉은 팥도 눈요기로 넣고

부드럽게 살살

입 안에서 녹을 맛 기다려 본다

은행나무

눈요기도 아름다운 부부

하늘 향해 길쭉하고

땅을 향해 넓은 치마폭으로

두 팔 벌려 안아 줄 자세로

가까이 서 있다

4월 꽃바람이 스치면

내가 네가

눈치 보지 않고

슬쩍슬쩍 스킨십 찌릿찌릿

8월 뜨거운 정열

불끈 타오르고

힐끗힐끗 쳐다보던 조각구름

이불 되어 가려준다

9월 마지막 토요일

결혼식 가는 날

꼭 잡은 두 손

노부부 금슬처럼

단단한 믿음

주렁주렁 달려 있다

뱀사골

아름다운 배암
어느 시인의 시구가 떠올랐다
물의 피부는 냉혈동물
오싹하도록 시리다

시간도 잊어버리고
내 안에 흐르고 있는
개구쟁이 행동이
손과 발이 가슴보다 먼저다

처음은 물의 피부를 더듬어
한 몸이 되기가 두렵고 떨렸지만
서서히 한 몸이 되어 갈수록 뱀은 없다

물속에 담근 다리가 벚꽃처럼 하얗게 보여
야릇한 감정이 솟고

고개를 들어 하늘을 보니

바퀴도 없는 구름은 산을 끌고

통째로 움직이고 있다

밤에는 빗소리에 창을 열어보니

땅은 마르고

물소리는 쉬지도 않고

조잘조잘 밤새 이야기하고 있다

오월의 숲

연두를 잉태한 초록
어머니의 아침밥 같은 햇살도
마실 갔다 돌아와 재채기하는 바람도
온 동네
제삿밥 나눠 먹던 이웃같이

동그랗고 길쭉하고
큰 키 작은 키
부딪히며 소리 지르며
소통하고 있다

서른 번 이력서 쓰다 지친 아들
실직해서 넋 나간 가장
외모에 자신감 잃은 딸
모두가 나에겐
소중하고 반가운 친구

허적허적 지나가는 시간
한 잎 한 잎 키워내고
누구든지 눈이 마주칠 때
두 팔 벌려 안아 주는 어머니

만천홍

이파리 몇 가닥에서
가느다란 줄기가
오래전 봉사단체에서 만난
캄보디아 여자아이
눈동자처럼 피었다

튼튼한 가지와 풍성한 이파리가 없어도
거실 한쪽에 가족이 되어
몇 년을 눈 맞추고
좋은 사이로 만들어 보고 싶은 기다림

삼 개월, 사 개월
줄기가 휘어지고 여위어 가도
피고 지고, 다시 피고 지고
오래도록 고운 기억 간직하라고
이름값하고 있다

파마

낯선 여인의 향기
구불구불 한 올 한 올
두 시간 탐색했다

길들이고 하나가 되어
외출할 때마다
편안하고 익숙해졌다

꼿꼿한 자존심
구부리는 것은
동그라미
그리며 살아가라 한다

화초

화려했던 시절도 잠시
시름시름 앓다가
주인의 정성에도
부서질 것 같이
생명이 꺼져 버렸다

게으른 주인
눈 한번 안 맞추고
베란다 모퉁이
경쟁자에 밀린 고독
물 한 모금 주지 않았다

웃음소리 한숨 소리
잠자듯이 듣고
보드라운 속삭임
참 예쁘다

칭찬 한마디
기억의 세포를 찾아내어
수줍게 봄꽃을 피었다

명태

고향 떠나 높은 령嶺

동지섣달 칼바람에

스무 번 넘게 반복 훈련 시킨다

유영하던 바다 똘망똘망 눈동자

노끈으로 아가리 걸고는

온몸이 얼얼해서 더덕북어 되어 간다

명절 때나 제사 때

포를 뜨고 전 부쳐

대대손손 이어온 조상님께 바치고

이사하거나 새집 지으면

온갖 악귀 틈 못 타게

바짝 마른 몸뚱아리 천장에 매달린다

오천 년 이어온 이 땅 민초들
잘근잘근 고된 삶
소주잔 희망 씹는 노가리

내장은 창난젓, 알은 명란젓
오장육부 버릴 것 없는 이름

명태, 생태, 동태, 북어, 코다리, 춘태, 추태, 망태, 조
태, 원양태, 지방태, 강태, 알배기, 먹태, 백태, 홀태, 황태,
깡태, 이리박, 파태, 골태, 선태, 무태어, 조태, 왜태, 매태,
막물태, 은어바지, 섣달바지, 석달바지, 애기태, 더덕북
어, 노가리…

십일월

붉은 단풍잎 아래를 지날 때는
이슬처럼 눈물이 고인다

내 죄가 되어
바스락거리는 소리
아우성으로 들리는데

열매가 되지 못한 것들

한낮의 햇살은
가지를 단단히 붙잡아야
빛 고운 열매 맺을 수 있다고

감나무 꼭대기 감을 보라
지나가는 사람들
고개를 들고 늦가을 정취 우러러본다

유년의 기억,
그리고 사유의 깊이와 생명의식

허 형 만 (시인, 목포대 명예교수)

유년의 기억,
그리고 사유의 깊이와 생명의식

허 형 만 (시인, 목포대 명예교수)

내 마음도 이제
넓고 둥글게 각이 없으면 좋겠다

시를 쓰는 글씨
조금은 비뚤고
반듯한 원이 아니어도

글씨를 처음 쓰는 아이
부모의 마음 떨리는 감동으로

손끝에 온기가 살아 있어
보드라운 햇살이면 좋겠다
－「글씨」 부분

1.

시인의 삶과 작품은 서로 영향을 미치고 있다. 시적 창조와 시인 연령의 상관관계에 대한 문제도 삶과 작품의 상응관계에 속한다고 본 사람은 얀 무카르조프스키다. 그는 창작과 유년기의 관계에 대해 상당한 주의가 오래전부터 기울여져 왔음에 주목한다. 몇몇 문학적이거나 이론적인 경향에서는 유년기 체험과 연관되는 것을 일반적으로 문학의 기본적인 특질의 하나로 간주하고 있다. 그렇다고 해서 인생의 다른 시기가 문학 창조에 연관되지 않는다는 것은 아니라는 점을 분명히 했다. 왜냐하면 몇몇 시인들에게는 창조 과정이 삶의 전 과정에 걸쳐 균등하게 분포되어 있기 때문이다. 얀 무카르조프스키는 창조 과정과 연령의 연관성이 특히 심리적이고 생리적인 관점에서 주목되어 오고 있다고 말한다. 그러면 이 연관성이 성정희 시인에게는 어떻게 작품으로 나타날까.

거실 한쪽 작은 화분 스투키
특별한 거름 주지 않아도
한 줌 햇살에
공간을 비집고 올라오는 새순
유년 시절 떠오른다

여섯 식구 방 한 칸에
얼기설기 잠자리 얼굴에 발이 닿아도
단잠 자는 가족, 쑥쑥 커가는 자식
어머니는 먹는 것이 우선이다

찬 바람이 불기 시작하면

마루 한쪽 가득한

가을걷이 고구마 빼떼기

큰 솥 가득 달짝지근 당원 맛

밥보다 먼저 손이 간다

동지섣달 긴 밤

한밤중 식구들 잠 깨어

양푼 가득 담아 밀고 당기며

고구마 빼떼기 몇 자루 비우면

옷이 작아지고, 일손도 늘어나고

긴 골목 달음박질치는 봄이 왔다

–「빼떼기」 전문

성정희 시인은 지금 거실 화분에 키우고 있는 공기 정화식물인 스투키의 새순을 통해 유년 시절을 떠올린다. 우선 시골집 단칸방에서 여섯 식구가 "얼기설기 잠자리 얼굴에 발이 닿아도/ 단잠 자는 가족, 쑥쑥 커가는 자식"이 함께 살았던 시절을 떠올린다. 이 유년 시절의 추억 중 특히 "찬 바람이 불기 시작하면/ 마루 한쪽 가득한/ 가을걷이 고구마 빼떼기"를 잊을 수 없다. 빼떼기란 날고구마를 무 자르듯 얇게 비스듬히 잘라, 가을 햇볕에

바짝 말린 것을 말하는데, 시인의 고향인 제주와 경상도에서 쓰는 말이다. "동지섣달 긴 밤/ 한밤중 식구들 잠 깨어/ 양푼 가득 담아 밀고 당기며/ 고구마 빼떼기 몇 자루 비우면/ 한겨울이 가고 어느덧 봄이 온다". 그 사이에 아이들은 쑥쑥 커서 "옷이 작아"진다.

또한 시인은 유년 시절 집에서 키웠던 어미 소를 잊을 수 없다. 이 어미 소를 생각하노라면 "청보리밭/ 단발머리/ 구불구불 골목이 긴/ 유년의 집으로 데려간다"(「어미 소」). 늘 긴 밭 일터를 오가던 유년의 늙은 어미 소가 "마당 한쪽/ 우물우물/ 거울 같은 눈망울/ 늘 눈물로 젖어 있"었음을 떠올린다. 이 유년의 집으로 데려가는 골목은 마음에도 있어 "화려한 꽃을 피우는 것도/ 고운 단풍으로 물드는 것도 아닌데/ 공원이나 여행지의 아름드리나무만 보면/ 눈에도 마음에도/ 골목이 유난히 긴 고향집 나무가 보였다"(「팽나무」). 그러나 들리는 소식에 의하면 고향집의 이 팽나무가 어느 조경업자의 눈에 들어 알지도 못하는 곳으로 팔려 갔다고 한다. 그래 이제 고향집 팽나무는 존재하지 않지만, 시인의 마음 골목에는 늘 "꽃보다 고운 나이테로 앉아 있다".

환한 등불이다
손가락 세면서 기다리던
한 그릇 온전한 쌀밥

정성스레 준비한

얼굴 모른 조상에게도

말문이 갓 트인 아가에게도

하나의 의식이 되어 꽃이 피었다

도란도란 반가운

달뜬 마음 웃음소리

오일장 거리에도 길가 노점에도

사람들이 모이고 있다

꽃을 피우겠다는 꽃심이 되어

밑자리 기억하고 준비하는 손길

일찍이 산업현장에서 돈을 벌어

부모님 살림 형편이 나아지고 있는

믿음직한 동네 오빠도 오고

유행 따라 멋을 부린 친척 언니도 오고

모두가 환한 꽃이다

보름달처럼 빛나는 피부를 보는

사춘기 소녀는

서울만 가면 나도 하얀 피부가 되고

우리 집 밝혀줄

둥그런 달이 있는 줄 알았다

-「유년의 추석」 전문

"손가락 세면서 기다리던" 추석날 차례상에는 "정

성스레 준비한", "한 그릇 온전한 쌀밥"이 "얼굴 모른 조상에게도/ 말문이 갓 트인 아가에게도/ 하나의 의식이 되어" 꽃으로 핀다. 그래서 추석날 보름달은 "환한 등불"이다. 추석이면 명절을 쇠기 위해 고향을 떠났던 서울을 비롯한 객지에서 형제자매들이 모두 고향집으로 모여든다. "일찍이 산업현장에서 돈을 벌어/ 부모님 살림 형편이 나아지고 있는/ 믿음직한 동네 오빠도 오고/ 유행 따라 멋을 부린 친척 언니도" 온다. 그야말로 "모두가 환한 꽃"이다. 이런 날이면 "사춘기 소녀"인 시인은 친척 언니들을 부러워하며 "서울만 가면 나도 하얀 피부가 되고/ 우리 집 밝혀 줄/ 둥그런 달이 있는 줄"로 알았다.

이 사춘기 소녀인 시인이 열두 살 때 "아카시아 이파리에 은밀한 소원을 품고/ 자기 나이 수를 세면서/ 하나씩 따다가/ 마지막에 꼭지 잎 하나가 남으면/ 꿈이 이루어진다고 들떴던"(「오월 뻐꾸기」) 시절이 떠오르고, 마당이 좁았던 제삿날 돗괴기 기름 반들반들 메밀전병 만들어 "숙자, 옥자, 애자, 신자, 정심, 정애, 경자/ 경철, 택주, 택상, 택준 …/ 사촌들 손에 쥐어 주면/ 달뜬 마음"(「빙떡」)으로 동그란 보름달처럼 행복했던 추억도 잊지 못하고, 때로는 "까끌까끌 보리타작 마당/ 햇볕 농익어 갈 계절/ 동네 육六거리/ 자리구덕 지고 오는/ 아주망 기다"(「자리물회」)렸던 추억, 특히 유년의 바다가 보고 싶

어질 때 "산방산 바위는 그대로 있는지/ 천년을 부서지
고 울어도/ 힘이 넘치는 용머리 파도"(「용머리 바다」)를
떠올리곤 한다.

2.

　이와 같은 유년의 체험은 자연스레 아버지와 어머니
의 생각으로 이어진다. 구순 지나신 부모님 건강을 염려
하는 성정희 시인은 "스마트폰 창/ 고향집 전화번호 울
리면/ 가슴이 철렁"(「효의 거리」) 한다고 고백한다. 그래
서 시인은 전화로 아들딸 있는 도시로 올라와 같이 살면
서로 좋지 않겠느냐고 사정하지만, 묵묵부답인 아버지
의 젊었을 적 모습이 눈에 선하다.

눈이 동그란 열두 살 여자아이
침 삼키고 슬쩍 쳐다본다
아버지 밥상 위에 노릇노릇한
고등어구이
아침 밥상을 치우면서
반 토막 남은 생선
정지 한쪽 잘 놔두라고 어머니는 몇 번을 당부했다
아침 설거지하다가
눈에 어른거리고 고개 자꾸만 돌아간다
몇 번을 망설이다

고등어 반 토막 앞에 서서
조금씩 조심조심 옆구리 살을 파먹는다
금방 반 토막 없어졌다
밭에서 돌아온 어머니
아버지 저녁 반찬 어디 갔냐고
감히 아버지 반찬에 손을 댔다고
종아리를 맞았다
울고 있는 딸의 사연을 듣고
특별히 밥상 옆에 앉히고
눈물을 닦아주고 반찬을 얹어주던
아버지

－「고등어구이」 전문

성정희 시인이 "눈이 동그란 열두 살 아이"일 때 아버지의 사랑이 잘 나타나 있다. 옛날에는 항상 할아버지, 아버지에 대한 밥상 차림이 다른 식구들과는 달랐다. 이 시에서도 시인의 어머니는 아버지의 밥상에만 고등어구이를 올려드렸는데, 아직 어린 열두 살 딸은 먹고 싶다고 차마 말은 못 하고 "침 삼키고 슬쩍" 아버지의 밥상만 쳐다본다. 식사가 끝나고 아버지는 고등어구이 반 토막을 남기셨다. 딸은 아침 설거지하다가 아버지가 남기신 반쪽 생선에 대한 유혹을 이기지 못하고 "조금씩 조심조심 옆구리 살을 파먹"다 보니 "금방 반 토막"이 없어졌다. 마침내 딸은 밭에서 돌아온 어머니에게서 "감히 아버지 반찬에 손을 댔다고" 종아리를 맞는다. 그날 저녁 아버지는 "울고 있는 딸의 사연을 듣고/ 특별히 밥상 옆에 앉히고/ 눈물을 닦아주고 반찬을 얹어" 주었다. 아버지의 자상하면서도 따뜻한 품성을 시인은 잊지 못하는 것이다.

시인이 아버지를 생각할 때면 또 잊지 못하는 것 중에서 아버지가 타고 다니시는 경운기가 있다. 고향집 마당에 자리한 경운기는 "눈이 오나 비가 오나/ 긴 모가지를 하고/ 아버지 반평생/ 털털 애인"(「경운기」) 노릇을 한다. 아버지는 이 경운기에 어머니를 태우고 좁은 골목길을 지나 밖으로 나가신다. 물론 경운기에 타고 있던 어머니는 운전하는 아버지에게 운전 조심하라고 한 말을 또 하고 또 하기 일쑤다. 한편, 명절 가까우면 동네 남자 어른들 모여 돼지를 잡아 술추렴을 하면서 각 형편과 식솔에 맞게 돼지고기를 골고루 나눈다. 거나하게 취기 오른 시인의 아버지도 "비계와 살 골고루 섞인 대여섯 근/ 다리도 돗괴기도 흔들흔들/ 해병대 군가 우렁찼고/ 날이 새도록 군대 이야기"(「돗괴기」)로 영웅담 훈장이 빛났고, 아들이 이십 리 길을 걸어 학교에 다니는 걸 안쓰럽게 생각한 아버지는 큰맘 먹고 소 판 돈으로 자전거를 샀다. 그 후 "국밥 한 그릇 사 먹지 못해도/ 자전거 타고 학교 가는 아들/ 한참을 쳐다보고/ 흐뭇한 웃음을 짓던 젊

은 아버지"(「아버지와 자전거」)는 나이 들어 노환이 찾아
드니 아들이 운전하는 승용차로 요양원에 간다.

> 유월이 오면
> 아삭아삭 물외 먹는 소리가 들린다
>
> 목이 긴 돌밭
> 콩밭 고랑 검불 수북하다
> 한여름 뙤약볕 수건 하나 쓰고
> 호미는 들었지만, 손이 더 농기구
>
> 어머니 따라
> 밭고랑 지루한 열두 살 여자아이
> 어린 콩잎 꺾어 놓고
> 이름 모른 새소리에 먼 산 한번 쳐다보고
> 마음은 점심 바구니로 가 있다
>
> 일어서는 어머니의 허리를 보고
> 나무 그늘로 달려간다
>
> 손이 빠르다
> 보리밥에 된장, 물외 서너 개
> 큰 사발에 쓱쓱 잘라 놓은 물외

잔칫집 밥상보다 더 입맛 당기는
물외 먹는 소리
어머니도 딸도 햇살도
물오른 나뭇잎에 걸렸던 웃음소리

해마다 여름이면 싱그런 물외
아삭아삭 변함없는데
어머니의 웃음소리는 이명이 되고
콩밭에는 잡초만 무성하다

-「유월이 오면」 전문

앞에서는 성정희 시인의 열두 살 때 아버지에 대한 기억이었다면, 이제는 시인의 열두 살 때 어머니에 대한 기억이다. "어머니 따라/ 밭고랑 지루한 열두 살 여자아이/ 어린 콩잎 꺾어 놓고/ 이름 모른 새소리에 먼 산 한 번 쳐다보고/ 마음은 점심 바구니로 가 있다// 일어서는 어머니의 허리를 보고/ 나무 그늘로 달려"가는 모습이 눈에 환하다. 한여름 뙤약볕 아래 수건 하나 쓰고 콩밭 매는 어머니를 따라 함께 콩밭을 매는 열두 살 여자아이는 이제 어른이 돼서도 당시의 상황을 아주 자세하게 기억하고 있다. 그러나 이 기억은 어머니를 살짝 비켜 "물외 먹는 소리"에 초점을 맞추고 있다. 이 물외 먹는 소리가 "어머니도 딸도 햇살도/ 물오른 나뭇잎에 걸렸던 웃음소리"로 승화되면서 온 우주가 하나 되는 기막힌 광경을 연출한다. 그러나 불행하게도 그 물외 먹는 소리로 행복했던 열두 살 때의 기억도 지금은 "어머니의 웃음소리는 이명이 되고/ 콩밭에는 잡초만 무성한" 현실이 되었음을 안타까워한다.

그리고 마침내 어머니는 "박꽃 같은 얼굴/ 서리 맞은 호박잎 되어버린 여자"(「노부부」)가 되어 병상에 누웠다. 마을 입구 천하대장군 같은 아버지가 구부러진 어깨로 어머니의 오줌을 받은 요강을 비우고, 신부 얼굴 만지듯 웃는 손으로 닦아주고, 바짝 마른 가슴 올리고 내민 어머니의 등에 정성을 다해 연고를 발라준다. 고향 산방산과 어머니가 경작하셨던 항우치밭을 생각하면 "농로가 없어 등짐으로 농작물을 수확했던/ 아버지의 허벅지는/ 산방산 바위처럼 단단해서/ 언제나 그 자리에 서 계시고/ 젊은 어머니의 유방 같았던/ 산방산은 항우치밭을 지키고"(「항우치밭」) 있는 모습 떠오른다.

3.

성정희 시인은 자신의 삶이 다른 사람들과의 관계나 자신의 깊은 사유 속에서 일어나는 경험과 상황, 감각적 인상을 그냥 지나치지 않는 시적 인식으로 표현하는 능력이 있다. 브라이언 터너에 의하면 자아는 제스처를 조

직하는 원리나 거의 마찬가지이기 때문에 근본적으로
사회학적인 것이지 생물학적인 것이 아니다. 자아의 연
속성이 타인들이 자각하는 나의 연속성에 의존한다는
주장이 선호되면서, 몸이 자아의 연속성을 구성하는 요
소라는 생각은 폐기되었다고 본 것이다. 따라서 사회적
세계를 구성하는 한 개인의 자아는 타인과 관계, 깊은
사유 속에서 시적 언어로 재탄생한다.

어느 지역 장승 같은
흔들리지 않는 기둥이다.

문명은 하루가 다르게
새로운 제품 만들어도
익숙해지려고 노력하면 따라갈 수 있지만

태어나 평생 지니고
살아가는 세 치 혀는
저녁이면 왜 그랬을까 뉘우쳐도

어깨가 구부정해지고 입속이 말라도
과수원 접붙인 나무가 되어
돌배인지 배인지
생각을 소주처럼 마시다가

아무렇게 내뱉는 말

끝내 못 한 말
아랫도리까지 속삭이듯 간드러지고
속살이 훤히 들여다보이는
잠옷 같은 그 말을
꼭 해야 하나

마음보다는 몸의 기억으로
침을 삼키다 마는
어느 할아버지의 툭 내뱉는
사랑 표현

-「길들이기」 전문

이 시집의 제목 '잠옷 같은 그 말'이 들어 있는 작품이다. '잠옷 같은 그 말'은 한마디로 속이 훤히 들여다보이는 말, 새빨간 거짓말, 허황하여 미덥지 못한 말, 입바른 말 등의 의미를 함유하고 있다. 결국 이 작품의 주제어는 "말"이다. 시대가 급변해가면서 "문명은 하루가 다르게/ 새로운 제품 만들어도/ 익숙해지려고 노력하면 따라갈 수" 있다. 그러나 그렇게 아무리 노력해도 변화되지 않는 것은 "태어나 평생 지니고/ 살아가는 세 치 혀"에서 뱉어진 "말"이다. 말의 신중함을 깨닫지 못하면 나이가 들어 "어깨가 구부정해지고 입속이 말라도" 접붙인 배나무에서 열린 과일이 "돌배인지 배인지" 구별 못하는 것처럼 말을 "아무렇게나 내뱉"게 된다. 마치 "어느 할아버지의 툭 내뱉는/ 사랑 표현"처럼 억제해야지 하는 "마음보다는" 말버릇이 평생 몸에 밴 "몸의 기억"이 앞서기 때문이다. 그래서 말로써 "상대방을 콕콕 찌르는 가시"(「핏줄」)로 마음에 상처를 입혀서는 안 되는 게 삶이다.

이와 같은 말 길들이기는 시인으로서 시를 창작하는 데도 필요하다. 성정희 시인은 시 한 편 쓰는데도 함부로 뱉어진 말처럼 말 나온 대로 쓰는 게 아니다. 시 쓰는 일이 마치 변비 같다. 시가 금방 나올 것 같은데 변비처럼 그렇지 못하다. 그래서 시인은 말한다. "마음 흡족하게/ 상쾌한 기분으로/ 좋은 시 한 편/ 내보내기/ 오늘도 어렵다"(「시와 변비」)라고. 심지어 시를 쓰는 글씨조차도 작고 반듯하게 쓰려고 연필을 뾰쪽하게 깎았던 시절을 떠올리며 할아버지 할머니 돋보기 보고 쓴 글 크고 각이 없이 둥그스레한 것처럼 "내 마음도 이제/ 넓고 둥글게 각이 없으면 좋겠다// 시를 쓰는 글씨/ 조금은 비뚤고/ 반듯한 원이 아니어도// 글씨를 처음 쓰는 아이/ 부모의 마음 떨리는 감동으로// 손끝에 온기가 살아 있어/ 보드라운 햇살이면 좋겠다"(『글씨』)라고, 평소 말조심하듯 시를 쓰는 글씨조차도 조심스러움을 드러낸다.

낯선 여인의 향기
구불구불 한 올 한 올
두 시간 탐색했다

길들이고 하나가 되어
외출할 때마다
편안하고 익숙해졌다

꼿꼿한 자존심
구부리는 것은
동그라미
그리며 살아가라 한다

-「파마」 전문

모든 여성이 외출하기 전 머리를 손질하듯 성정희 시인도 외출하기 전 머리를 손질하는데 여기서 머리 모양은 '파마'다. 파마는 처음 시작할 때 "구불구불 한 올 한 올" 정성과 손질이 많이 가는 머릿결이라 무려 "두 시간"이 걸리지만 한번 잘 다듬어 "길들이고 하나가 되"면 "외출할 때마다/ 편안하고 익숙"해진다. 시인은 평소 파마머리 다듬는 행위를 통해 "꼿꼿한 자존심/ 구부리는 것은/ 동그라미/ 그리며 살아가"리라는 삶의 정신을 깨우치며 자신을 성찰한다.

성정희 시인의 이 깊은 사유의 성찰은 소소한 일상적 삶에서 이루어진다. "아파트 엘리베이터에서 만나는/ 민낯의 눈 맞춤은/ 날마다 좋은 책 한 구절/ 소통으로 명작을 읽는다"(「독서」)든가, 이순을 지난 동창 네 명이 플라워 카페에서 만났는데 동창들이 모두 "싱그러운 꽃/ 청춘"(「플라워 카페」)이라든가, "매일 아침 세수하듯/ 정결한 육체와 순결한 정신으로/ 처음 만난 순간 돌아가서/ 비릿한 냄새도/ 향수가 되어 안아주고 싶"(「부부」)은 것처럼. 그래서 시인은 사유의 깊은 성찰이 얼마나 중요한가에 대해 "천 개의 눈을 가져도/ 마음으로 보지 않으면"(「백내장」) 백내장처럼 세상 모든 것이 흐릿하다고, 집중해서 네 개의 눈으로 봐도 안개 속이라고 말한다. 우리의 모든 삶이 "오월 장미에 눈이 멈추듯/ 첫 여행지의 풍광을 보듯/ 천천히 보면"(「소통」) 아빠 팔에 안긴 두 살 손주가 공원 호수에서 오리가 고개를 물속에 넣었다 뺐다 하는 걸 보고 말은 못 하지만 행동으로 오리와 함께 고개를 끄덕끄덕하며 소통을 할 수 있다고 말한다.

4.

성정희 시인은 어느 공원에서 하트 모양의 조형물 앞에 사진을 찍으려고 차례를 기다리는 연인들을 보면서 "보이지 않은 사랑이, 보이는 그림자로/ 오래도록 그대들 마음에/ 앉아 있으면 좋겠"(「어느 공원에서」)다고,

그리고 혈육으로부터 받은 "거친 말과 욕이 생각나도/ 한여름 소나기가 지나가면/ 맑은 하늘이 되듯/ 다시 사랑할 수밖에/ 전능하신 분 앞에/ 두 손을 모으"(「핏줄」)는, "쪽방촌 할아버지에게도/ 에어컨도 없이 지낸/ 양철지붕 가족에게도/ 땡볕에서 철근을 구부리는/ 아버지와 아들에게도/ 군침 돌게/ 밥 한 그릇"(「9월」)을 봉사하는, 가톨릭 신앙인이다. 시인의 신앙심은 하느님의 말씀에 따라 세계의 생명을 사랑하는 정신으로 나타난다.

연두를 잉태한 초록
어머니의 아침밥 같은 햇살도
마실 갔다 돌아와 재채기하는 바람도
온 동네
제삿밥 나눠 먹던 이웃같이

동그랗고 길쭉하고
큰 키 작은 키
부딪히며 소리 지르며
소통하고 있다

서른 번 이력서 쓰다 지친 아들
실직해서 넋 나간 가장
외모에 자신감 잃은 딸

모두가 나에겐
소중하고 반가운 친구

허걱허걱 지나가는 시간
한 잎 한 잎 키워내고
누구든지 눈이 마주칠 때
두 팔 벌려 안아주는 어머니

-「오월의 숲」 전문

　오월의 숲은 생명의 상징이다. 싱싱한 청춘의 상징
이다. 오월의 숲에서 빛나는 햇살도 마치 어머니의 아
침밥같이 따뜻하고 포근하다. 그래서 오월의 숲은 어머
니다. "서른 번 이력서 쓰다 지친 아들/ 실직해서 넋 나
간 가장/ 외모에 자신감 잃은 딸"이 자살하려 찾아오면
모두가 "소중하고 반가운 친구"라서 "두 팔 벌려 안아주
고 위로하며 다시금 새로운 삶을 살도록 집으로 돌려보
내는 어머니"가 오월의 숲이다. 이 따뜻하고 포근한 생
명성이 성정희 시인이 세계를 보는 시정신이다. "이파리
몇 가닥에서/ 가느다란 줄기가/ 오래전 봉사단체에서 만
난/ 캄보디아 여자아이/ 눈동자처럼"(「만천홍」) 핀 만천
홍 꽃처럼, "웃음소리 한숨 소리/ 잠자듯이 듣고/ 보드라
운 속삭임/ 참 예쁘다/ 칭찬 한마디/ 기억의 세포를 찾아
내어/ 수줍게 봄꽃을"(「화초」) 피운 것처럼, 식물의 생명

도 소중함을 보여주는 시인의 시적 인식은 참으로 귀하다. 왜냐하면 성정희 시인은 피터 톰킨스가 '식물의 정신세계'를 옹호했듯 식물도 생각이 있고 감정이 있고 인간에게 반응한다는 점을 알고 가톨릭 신앙인으로서 하느님의 온 창조물들과 함께 생명의 소중함을 간직하고 있기 때문이다.

성정희 시인의 생명 의식은 오월뿐만이 아니다. 해마다 유월이 오면 "혼밭오름 곶자왈/ 고사리, 뺑이, 삼동, 탈, 졸갱이, 볼레/ 싱싱한 먹거리 장터다/ 보리가 익어갈 때면/ 학교에서 돌아와 작은 양푼 들고/ 동네 친구들과 삼동 열매 따서/ 입술이 까맣게"(「혼밭오름」) 먹었던 기억, 구월에는 "한낮의 산은/ 푸르기도 하고 붉기도 하여/ 서슬이 꼿꼿하고/ 하늘만 쳐다보더니// 어스름이 깊어 고요하니/ 구봉산 굽이굽이도/ 호수에 고개 숙여 잠기고"(「구월의 밤 용담호」), 이어 "시월은/ 기도하기 좋은 달/ 어린아이 눈동자처럼 맑은 하늘은/ 나의 마음도 티 없이 맑아지라 한다/ 높푸른 하늘은/ 이상도 높고 푸르러라 한다"(「시월 하늘」). 그리고 십일월 "붉은 단풍잎 아래를 지날 때는/ 이슬처럼 눈물이 고인다// 내 죄가 되어/ 바스락거리는 소리/ 아우성으로"(「십일월」) 들린다. 이 모두 세계, 또는 우주와의 소통이 아닐 수 없다.

성 정 희

제주특별자치도 출생

한국방송통신대학교 국어국문학과 졸업

2019년 월간 〈한국문인〉 등단

한국문인협회, 한국가톨릭문인협회,

사임당문학 시문회, 시산문 회원

제12회 〈대한민국독도문예대전〉 시 부문 특선

gogoiyo@naver.com